Usborne Farmyard Tales

First German Word Book

Heather Amery

Illustrated by Stephen Cartwright

Edited by Jenny Tyler and Mairi Mackinnon
Designed by Helen Wood and Joe Pedley

You can hear all the German words in this book, read by a German person, on the Usborne Quicklinks Website. All you need is an Internet connection and a computer that can play sounds. Just go to **www.usborne-quicklinks.com** then type in the keywords **first german words** and follow the simple instructions. Always follow the safety rules on the Usborne Quicklinks Website when you are using the Internet.

There is a little yellow duck to find on every double page.

German language consultant: Ulla Knodt

Das ist der Apfelbaumhof.

This is Apple Tree Farm.

Hier wohnen Herr und Frau Boot. Sie haben zwei Kinder, Poppy und Sam.

Mr. and Mrs. Boot live here. They have two children, Poppy and Sam.

Sie haben einen Hund, der Rusty heißt, und eine Katze, Whiskers.

They have a dog named Rusty, and a cat, Whiskers.

Ted kümmert sich um die Tiere auf dem Apfelbaumhof.

Ted takes care of the animals on Apple Tree farm.

Frau Boot

Herr Boot

Ted

Poppy

Sam

Rusty

Whiskers

Woolly

Curly

Tiere auf dem Bauernhof

Farm animals

der Hund
dog

das Kalb
calf

die Kuh
cow

das Schwein
pig

das Ferkel
piglet

das Schaf
sheep

das Lamm
lamb

das Pferd
horse

der Esel
donkey

der Vogel
bird

die Ziege
goat

die Ente
duck

die Katze
cat

das Entenküken
duckling

die Gans
goose

die Maus
mouse

das Haus
house

der Schornstein
chimney

der Heißluftballon
hot-air balloon

das Fahrrad
bicycle

das Auto
car

das Dach
roof

die Tür
door

Das ist das Haus von Poppy und Sam.

This is Poppy and Sam's house.

das Fenster
window

der Zaun
fence

das Tor
gate

die Wolke
cloud

das Zelt
tent

der Bach
stream

das Boot
boat

der Fisch
fish

der Frosch
frog

der Weg
path

die Brücke
bridge

der Heuhaufen
haystack

die
Vogelscheuche
scarecrow

der Teich
pond

das
Kaninchen
rabbit

Am Bach

By the stream

9

Im Hof

In the farmyard

Frau Boot wäscht das Auto.

Mrs. Boot is washing the car.

Poppy fährt Fahrrad.

Poppy is riding her bicycle.

Guck mal, ein Heißluftballon!

Look, there's a hot-air balloon!

das Auto
car

das Fahrrad
bicycle

der Heißluftballon
hot-air balloon

die Wolke
cloud

Der Bach

The stream

Sam spielt mit seinem Boot.

Sam is playing with his boat.

Poppy versucht, einen Fisch zu fangen.

Poppy is trying to catch a fish.

Der Frosch hält sich versteckt.

The frog is hiding.

Ein Fisch springt aus dem Wasser.

A fish is jumping out of the water.

der Bach
stream

das Boot
boat

der Fisch
fish

der Frosch
frog

die Brücke
bridge

die Sandalen
sandals

der Hut
hat

der Schlüpfer
panties

das T-Shirt
t-shirt

die Socken
socks

das Kleid
dress

Frau Boot hängt die Wäsche auf.

Mrs. Boot is hanging up the laundry.

12

die Schuhe
shoes

das Sweatshirt
sweatshirt

das Nachthemd
nightgown

die Shorts
shorts

die Jeans
jeans

das Hemd
shirt

13

die Leiter
ladder

der Apfel
apple

das Blatt
leaf

die Raupe
caterpillar

der Baum
tree

der Fuchs
fox

Poppy hilft Frau Boot beim Äpfelpflücken.

Poppy is helping Mrs. Boot with the apple picking.

die Biene
bee

der Schmetterling
butterfly

die Schaukel
swing

die Blume
flower

der Käfer
beetle

die Schnecke
snail

15

Die Wäsche aufhängen

Hanging up the laundry

Rusty will mit einer Socke spielen.

Rusty wants to play with a sock.

Die Katze spielt mit dem Hut.

The cat is playing with the hat.

Die Jeans von Sam hängen auf der Leine.

Sam's jeans are on the washing line.

Poppy hält ihr Kleid.

Poppy is holding her dress.

die Socke
sock

das Kleid
dress

die Jeans
jeans

der Hut
hat

Der Obstgarten The orchard

Sam schaukelt.
Sam is on the swing.

Frau Boot steht auf einer Leiter.
Mrs. Boot is standing on a ladder.

Poppy, fang mal!
Poppy, catch!

Hinter dem Baum hält sich ein Fuchs versteckt.
A fox is hiding behind the tree.

die Leiter ladder   **die Schaukel** swing   **der Fuchs** fox   **der Baum** tree   **der Apfel** apple

der Hühnerstall
hen house

der Korb
basket

der Wurm
earthworm

der Spaten
shovel

das Ei
egg

Sam füttert die Hühner.

Sam is feeding the hens.

die Schubkarre
wheelbarrow

die Feder
feather

der Eimer
bucket

das Huhn
hen

das Küken
chick

die Schale
dish

die Maus
mouse

das Stroh
straw

19

der
Anhänger
trailer

der Sack
sack

der Schraubenzieher
screwdriver

der Sitz
seat

der Werk-
zeugkasten
toolbox

der
Hammer
hammer

Ted repariert
den Traktor.

Ted is repairing the tractor.

der Traktor
tractor

der Lack
paint

der Schraubenschlüssel
wrench

das Seil
rope

das Lenkrad
steering wheel

Die Hühner füttern

Feeding the hens

Zähl die Eier.

Count the eggs.

Dieses Küken hat Hunger.

This chick is hungry.

Ein Huhn sitzt oben auf dem Hühnerstall.

One hen is sitting on the hen house.

Sam holt einen Eimer mit Futter.

Sam brings a bucket of hen food.

das Ei

egg

der Hühnerstall

hen house

das Küken

chick

der Eimer

bucket

der Korb

basket

das Huhn

hen

22

Den Traktor reparieren

Repairing the tractor

Ted repariert den Traktor.

Ted is repairing the tractor.

Poppy streicht den Anhänger.

Poppy is painting the trailer.

Sam hält den Hammer.

Sam is holding the hammer.

der Traktor
tractor

der Hammer
hammer

der Sack
sack

der Anhänger
trailer

die Lokomotive
engine

die Schienen tracks

das Signal
signal

die Kohle coal

die Uhr clock

die Mütze cap

der Zugführer engineer

die Fahne flag

Am Bahnhof

At the station

der Schaffner conductor

die Lampe lamp

der Wagen carriage

25

die Sandburg
sandcastle

die Haare
hair

die Muschel
shell

die Hand
hand

die Füße
feet

die Sonnenbrille
sunglasses

die Schwimmflügel
arm floaties

26

das Eis
ice cream

der Kopf
head

der Ball
ball

das Handtuch
towel

der Korb
basket

der Krebs
crab

Poppy und Sam sind am Strand.

Poppy and Sam are at the beach.

Der Bahnhof The station

Da ist die Lokomotive.

There's the engine.

Der Schaffner lächelt.

The conductor is smiling.

Zeit für die Abfahrt.

It's time to go.

Frau Boot schwenkt ihre Fahne.

Mrs. Boot waves her flag.

die Uhr
clock

der Zugführer
engineer

der Wagen
carriage

die Fahne
flag

der Schaffner
conductor

die Lokomotive
engine

Am Strand

At the beach

Sam trägt seine Schwimm-flügel.

Sam is wearing his arm floaties.

Frau Boot kämmt Poppys Haare.

Mrs. Boot is combing Poppy's hair.

**Herr Boot ist im Sand eingegraben.
Nur sein Kopf und seine Füße sind zu sehen.**

Mr. Boot is buried in the sand. You can only see his head and his feet.

die Schwimmflügel
arm floaties

die Haare
hair

der Kopf
head

die Füße
feet

die
Kartoffeln
potatoes

die
Trauben
grapes

die **Kirsche**
cherries

die **Erbsen**
peas

die **Karotte**
carrot

die **Tomaten**
tomatoes

die **Erdbeeren**
strawberries

der **Kohl**
cabbage

die Pilze
mushrooms

die Zwiebeln
onions

die Pflaumen
plums

die Birne
pear

die Bohnen
beans

Frau Boot, Poppy und Sam verkaufen Obst und Gemüse.

Mrs. Boot, Poppy and Sam are selling fruit and vegetables.

die Gurke
cucumber

der Blumenkohl
cauliflower

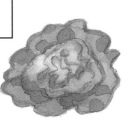

der Salat
lettuce

die Schokolade
chocolate

die Orange
orange

der Teller
plate

die Decke
blanket

der Kuchen
cake

das Messer
knife

der Joghurt
yogurt

Poppy und Sam machen ein Picknick.

Poppy and Sam are having a picnic.

der Sonnenschirm
umbrella

das Brot
bread

die Banane
banana

32

das Sandwich
sandwich

die Flasche
bottle

der Fruchtsaft
fruit juice

die Gabel
fork

die Tasse
cup

der Käse
cheese

33

Obst und Gemüse Fruit and vegetables

Frau Boot nimmt einige Trauben.

Mrs. Boot is picking up some grapes.

Sam bringt Kartoffeln und Salatköpfe in einer Schubkarre.

Sam is bringing potatoes and lettuces in a wheelbarrow.

Wie viele Kohlköpfe hält Poppy?

How many cabbages is Poppy holding?

Wird Curly die Tomate essen?

Is Curly going to eat the tomato?

die Trauben
grapes

die Kohlköpfe
cabbages

die Kartoffeln
potatoes

die Salatköpfe
lettuces

die Tomaten
tomatoes

Das Picknick

The picnic

Poppy hat die Flasche fallen lassen.

Poppy has dropped the bottle.

Frau Boot hat ein Stück Käse auf dem Teller.

Mrs. Boot has a piece of cheese on the plate.

Sam gießt Milch ein.

Sam is pouring some milk.

die Flasche
bottle

der Käse
cheese

das Messer
knife

der Teller
plate

die Milch
milk

der Computer
computer

das Telefon
telephone

die Zeitung
newspaper

das Foto
photo

das Video
video

das Bild
picture

Poppy liest ein Buch und Sam spielt mit seinem Computer.

Poppy is reading a book and Sam is playing on his computer.

das Radio
radio

der Bleistift
pencil

der Fernseher
television

der Tisch
table

die CD
CD

der Filzstift
felt tip pen

der Foto-apparat
camera

die Stereoanlage
stereo

der Stuhl
chair

das Bett
bed

die Hausschuhe
slippers

das Kopfkissen
pillow

der Teddy
teddy bear

das Buch
book

die Seife
soap

die Bürste
brush

das Rollo
blinds

der Kamm
comb

der Spiegel
mirror

Zeit ins Bett zu gehen.

It's time for bed.

das Wasch-becken
sink

die Puppe
doll

die Zahnbürste
toothbrush

die Toilette
toilet

Zu Hause

At home

Poppy liest ein Buch.

Poppy is reading a book.

Da ist das Telefon.

There's the telephone.

Sam spielt mit seinem Computer.

Sam is playing on his computer.

Vati liest die Zeitung.

Dad's reading the newspaper.

  das Telefon image...

das Buch
book

das Telefon
telephone

die Zeitung
newspaper

der Tisch
table

der Computer
computer

Ins Bett!

Bedtime!

Poppys Teddy liegt auf dem Kopfkissen.

Poppy's teddy bear is on the pillow.

Sam springt auf seinem Bett.

Sam is jumping on his bed.

Die Seife liegt auf dem Waschbecken.

The soap is on the sink.

Poppy putzt sich mit der Zahnbürste die Zähne.

Poppy is brushing her teeth with her toothbrush.

das Bett — bed
die Zahnbürste — toothbrush
der Teddy — teddy bear
das Kopfkissen — pillow
die Seife — soap
das Wasch-becken — sink

Das Wetter

Weather

der Schnee
snow

die Sonne
sun

der Regen
rain

der Nebel
fog

der Wind
wind

Die Jahreszeiten Seasons

der Frühling
spring

der Sommer
summer

der Regenbogen rainbow

der Sturm storm

das Eis
ice

die Wolken
clouds

der Herbst
fall

der Winter
winter

Die Farben

Colors

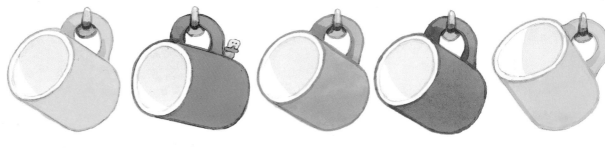

rosa
pink

rot
red

orange
orange

braun
brown

gelb
yellow

Zählen Counting

 eins one

 **zwei** two

 **drei** three

  **vier** four

     **fünf** five

     **sechs** six

     **sieben** seven

        **acht** eight

        **neun** nine

   **zehn** te

44

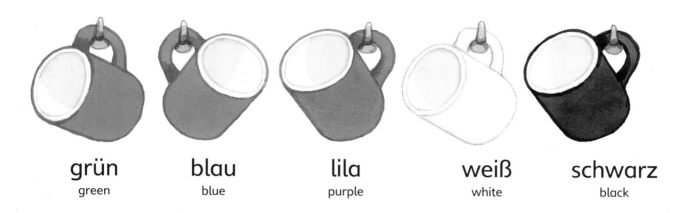

grün
green

blau
blue

lila
purple

weiß
white

schwarz
black

Auf dieser Seite sind hundert Hunde.

There are 100 dogs on this page.

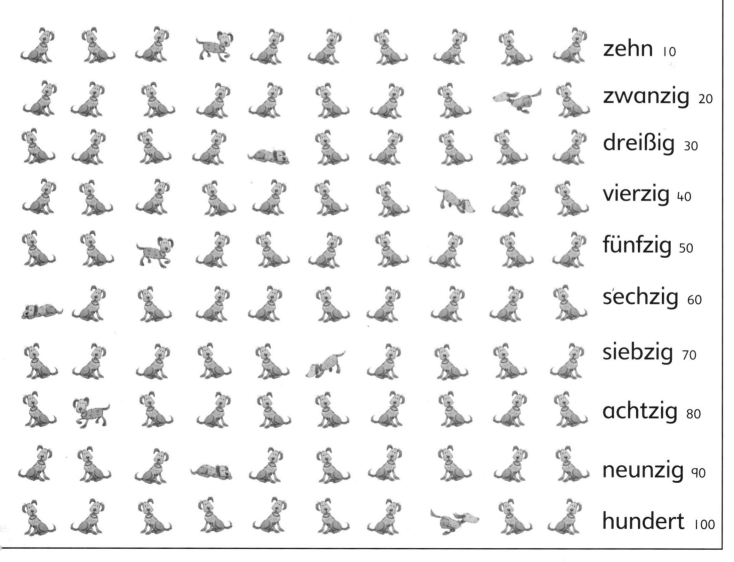

zehn 10

zwanzig 20

dreißig 30

vierzig 40

fünfzig 50

sechzig 60

siebzig 70

achtzig 80

neunzig 90

hundert 100

45

Word List

acht
der Anhänger
der Apfel
das Auto
der Bach
der Ball
die Banane
der Baum
das Bett
die Biene
das Bild
die Birne
das Blatt
blau
der Bleistift
die Blume
der Blumenkohl
die Bohnen
das Boot
braun
das Brot
die Brücke
das Buch
die Bürste
die CD
der Computer
Curly
das Dach

die Decke
drei
das Ei
der Eimer
eins
das Eis
die Ente
das Entenküken
die Erbsen
die Erdbeeren
der Esel
die Fahne
das Fahrrad
die Feder
das Fenster
das Ferkel
der Fernseher
der Filzstift
der Fisch
die Flasche
das Foto
der Fotoapparat
Frau Boot
der Frosch
der Fruchtsaft
der Frühling
der Fuchs
fünf

die Füße
die Gabel
die Gans
gelb
grün
die Gurke
die Haare
der Hammer
die Hand
das Handtuch
das Haus
die Hausschuhe
der Heißluftballon
das Hemd
der Herbst
Herr Boot
der Heuhaufen
das Huhn
der Hühnerstall
der Hund
der Hut
die Jeans
der Joghurt
der Käfer
das Kalb
der Kamm
das Kaninchen
die Karotte

die Kartoffeln
der Käse
die Katze
die Kirsche
das Kleid
der Kohl
die Kohle
die Kohlköpfe
der Kopf
das Kopfkissen
der Korb
der Krebs
der Kuchen
die Kuh
das Küken
der Lack
das Lamm
die Lampe
die Leiter
das Lenkrad
lila
die Lokomotive
die Maus
das Messer
die Milch
die Muschel
die Mütze
das Nachthemd

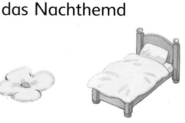

der Nebel	die Schienen	der Spaten	der Weg
neun	der Schlüpfer	der Spiegel	weiß
die Orange	der Schmetterling	die Stereoanlage	der Werkzeugkasten
orange	die Schnecke	das Stroh	Whiskers
das Pferd	der Schnee	der Stuhl	der Wind
die Pflaumen	die Schokolade	der Sturm	der Winter
die Pilze	der Schornstein	das Sweatshirt	die Wolke
Poppy	der Schrauben-	die Tasse	Woolly
die Puppe	schlüssel	Ted	der Wurm
das Radio	der Schrauben-	der Teddy	die Zahnbürste
die Raupe	zieher	der Teich	der Zaun
der Regen	die Schubkarre	das Telefon	zehn
der Regenbogen	die Schuhe	der Teller	die Zeitung
das Rollo	schwarz	der Tisch	das Zelt
rosa	das Schwein	die Toilette	die Ziege
rot	die Schwimmflügel	die Tomaten	der Zugführer
Rusty	sechs	das Tor	zwei
der Sack	die Seife	der Traktor	die Zwiebeln
der Salat	das Seil	die Trauben	
die Salatköpfe	die Shorts	das T-Shirt	
Sam	sieben	die Tür	
die Sandalen	das Signal	die Uhr	
die Sandburg	der Sitz	das Video	
das Sandwich	die Socken	vier	
das Schaf	der Sommer	der Vogel	
der Schaffner	die Sonne	die Vogelscheuche	Can you find a
die Schale	die Sonnenbrille	der Wagen	word to match
die Schaukel	der Sonnenschirm	das Waschbecken	each picture?